又竹 鄭光修 第6詩集

逍遙

又竹 鄭光修 第6詩集

逍遙

한누리미디어

自序

  첫 시집은 《燕燕》 (74), 두 번째는 《過無量經》 (84), 제3시집은 《부처님 21세기》 (88), 네 번째 《谷神의 새》 (91), 제5시집 《山이 저만큼 돌아앉아》 (94)에 이은 제6시집은 《逍遙》라고 이름 붙였다.

  그간 9편의 長詩, 2권의 문학평론집으로 《禪의 論理와 超越的 象徵》 (93), 《禪文學과 碧巖錄》 (96) 등을 내놓았는 바 東洋的 抒情과 感性이 아주 한국적인 것으로 채색됨으로 우리의 注目을 끌게 했고(趙演鉉), 東洋的 詩의 낌새를 이해하고(申石艸), 타고난 신명은 그가 大學에서 전수한 불교를 수용한 이 땅의 토속신 그 朝鮮神의 신명으로 현대시가 빠져 버릴 수도 있는, 아니 빠져 있는 늪을 유연한 몸짓으로 건너설 수 있는 詩의 날개를 갖고 있다(章湖). 따라서 詩정신의 鑛脈은 일찍이 禪의 세계에 닿아 이 땅의 많은 禪詩人들에 비해 월등하며, 그것은 동양의 하늘을 지키면서 그 선비적 지조 또한 간직하면서 禪光의 세계를 깊이 파고들어 혜안의 빛깔로 번쩍번쩍 그려내면서 무속세계를 심층적으로 파고들어 그 속의 美學을 캐냈다(申世薰). 그러므로 언제 어디서의 역경 속에서도 늘 풍류의 여유일 수 있는 마음임은 물론 별 기교부린 흔적도 없는 좋은 수묵화를 생각케 하며(徐廷柱), 인간의 삶과 행동, 시간의 의미 존재에 대한 근원적 Aporia를 불교적 解法으로 터득하고(文德守) 있는 詩人

4

이며, 文學評論部門에서도 한국의 批評이 모두 서구 비평의 이론소개에 급급한 판에(尹炳魯) 한국적으로 詩論을 개발, 우리 한국시가 한국시의 시론 위에 있지 않고 서구 詩論 밑에 허우적거리는 현실에서 이에 대한 연구가 깊었다(李洧植)는 等, 評을 받고 있었는 바 外部의 評은 그렇다 하고…….

　韓國的이라 해도 그것은 고정불변할 것도 아니고 '變化하는 것으로서의 韓國的'일 뿐일 터, 암튼 이번 《逍遙》는 '莊子' 쪽이다. 《谷神의 새》(제4시집)에서 '老子' 쪽을 해보니 '莊子'를 아니 할 수 없어 1년 반 동안 연재했던 詩를 그냥 묶어서 제6시집이란 이름으로 내보낸다.

　江湖의 評을 듣겠다.

2000年 5月

鄭 光 修 識

5

정광수 제6시집

逍遙

차례

1.....내 나이 이쯤에서

내 나이 이쯤에서
돌아보니
甲年이라

이제 '마음'을 잘
모시고

自適할 수 있게
함이라

보는 눈을 한층 높여
놓고
그 위에서
노닐 일이라.

2.....봄 여름 가을 겨울을

봄 여름 가을 겨울을
석달만큼 둘 게 아니다

한 千年쯤으로 잡아
날개를 달
일이다

세속적인 것을 좀
뛰어 넘는
연습을
하는 거다.

3....고상하게 노니는 연습을

고상하게 노니는 연습을
하는 거다

말수를 좀
줄이는 일이다
眞理, 이런 거 내팽개치는
일이다

잘난 체하는 잡종들 사이에서
비껴서는 일이다.

4.....바닷물을 바라보는 것

바닷물을
바라보는 것이다
그게 소금물이니까

그래도 거기서
몸을 절구어 말리는
일이다

사람 사는 법은
물고기들 사는 거나 매양
마찬가지 아니던가

풀벌레, 그런 것들과도
친해 보는 연습을 하는 것이다

드디어
耳順인가.

5.....허공과 노니는 일

허공과 노니는 일이다
바람과 구름과 어울려
비오는 풍경 속에서

우산을 내팽개치는
일이다

사는 연습을
다시 하는 일이다

속으로 웃을 일이다.

6.....한 여인이

한 여인이
사랑할 가치조차 없는
그 누구에게
너무 일찍 몸을 바쳐 버린
그, 굴욕으로 하여
제임스 6세를 낳으니*
그녀의 마음이 편할 리
없으니.

* 제임스 6세(재위 1567~1625) : 스코틀랜드 여왕 메리와 단리경(1545~
1567) 사이에 태어났다. 단리는 의지도 약했고 성격도 허약할 뿐 아니라
기분파로서 여성관계가 지저분했다.
　메리는 「단리」에 대하여 인간적인 환멸을 느꼈고 능력도 없으면서 여
왕의 배우자라는 지위를 넘어 임금 행세를 하려 했다.
　메리는 릿쪼를 사랑했는데 릿쪼에 대해 질투한 귀족들이 암살을 계획,
습격, 56군데에 상처를 입히고 죽게 된다. 메리는 제임스 6세를 낳았으나
그의 사랑은 비극으로 끝나게 된다. 제임스 6세는 「단리」의 아이인지 「릿
쪼」의 아이인지 알 수 없게 되나 결국 「단리」의 아이로 판정.

7.....也石이 1998. 8. 28일 새벽 4시에

也石*이 1998. 8. 28일 새벽 4시에
入寂
그 날 金容材, 金大炫, 朴明用, 鄭光修, 崔元圭, 洪禧杓, 具湘
會 시인 등이 막소주를 마시며 때로 통곡하며 때로 讀經하며
때로 크게 흐흐흐흐 하며 하는 말들이

也石은 1923년생인데 쉬르레알리즘, 唯識, 空思想에 돌맹이
만 찾는 금강의 금강석 같은 이해할 수 없는 시만 쓴 호서
의 마지막 시인이라고……

명문 전주사범을 졸업하고 일본 고마자와 출신으로… 말 타
고 다닌 시인
日章旗를 찢는데 꼭 일본 놈 앞에서 찢었겠다
전주 우석대학 강사 시절 사모님이 가람에게 부탁해서 전임
강사를 시켜 줬더니 여편네가 건방떨고 다닌다고 그 전임
강사 자릴 버리고 말았다는데

육십 환갑 이후
16년간 浪人생활 하다가
위암으로
죽다

17

大田 詩人들과 也石 얘기 하다가
술 취한 詩人들 詩人들
8남매를 팽개친 也石 詩人.

* 也石 : 詩人 박희선, 1923년 강경 출신.
전주사범, 고마자와 대학 시절 학병으로 끌려가 중국으로 탈출, 독립운동
을 하다가 서대문 형무소에서 복역중 해방. 1946년 정 훈, 박용래와 「冬
柏」同人 창설. 1952년 「호서문학」 창설.

8..... 메리스튜어트는

메리스튜어트*는 요람에서부터
여왕이었다
메리를 얻지 못한 헨리8세 2대 뒤에

엘리자베스가 왕위에
오르다
헨리와 앤과의 결혼은
로마교황이 인정하지 않으므로
엘리자베스는 구교도의 입장에선
서자였을 뿐

숙명의 엘리자베스와 메리.

* 메리스튜어트 : 제임스 5세(재위 1513~1542)와 마리드기조 사이에 태
어남. 영국왕 헨리 8세는 왕태자 에드워드와 메리를 약혼시켜 잉글랜드와
스코틀랜드를 통일하려 생각했다.

9.....也石, 메리, 왜 하필이면

也石, 메리,
왜 하필이면
초하룻날 아침 정진 기도시간에
두 사람 생각이 떠오를까

평생을 자기 하고 싶은 일 못해 보고
금강가를 오르내리며 돌이나 줍다가
아니면 전국 사찰 순례해 놓고
정리도 못한 채

쇠 둘레 벌 심원사 윗 절 석대 수정지장, 천연 보살상,
'그 하나
다시, 하나
다시, 그 하나
다시, 또 그 하나'이나 읊다가 가버린 悲運의 詩人 也石
그나마 民衆들은 어려운 詩라고만
하드니.

10.....때로, 홀로 아득하게

때로, 홀로 아득하게
외로울 때
虛無하게

어디론가 떠나고
싶을 때
그럴 때
여기 섬나라 제주에
왔다

여기서
꿈꾸는 섬을
찾는 거다

이승과 저승의
갈림길이다
운명처럼
삶을 가두는
것이다

바다와 수평선에 갇힌

이 폐쇄공간에서
문명이란 상처투성이에
충격을 주고

이제는
훌훌 벗고 娼女처럼 되는 것이지만

나는 멸망을 극복하기 위한
존재와 존재하지 않음이
하나가 되게
하는 것이다

섬나라 제주에서.

11.....세기의 武將 넬슨의 사랑법

세기의 武將 넬슨의 사랑법*

참으로 헌신적인
눈빛으로
어떤 경건한 카톨릭 신자도
그런 눈빛으로
성상을 바라보지 않았을 법한
눈빛으로
「에마 해밀턴」의 초상화를 바라보곤 했던
넬슨 제독

참으로 눈을 감고도
훤히 드러나 뵈는 듯한
당신의 모습과
그 날의
그 가슴과 그 밀어의 내용이
초상에 환히 다가와 서는
모습

'가녀린 네 어깨를 툭툭 치면
살며시 웃고 돌아앉는

너의 모습'*** 처럼

다시
내게로 다가와
꽃이파리 하나의 진동으로도

장부의 마음을 풀꽃의 이슬처럼
여리게 하였느니

내 이제 돌아와
당신의 초상화에서 일생을
읽으며
군인 사랑으로도 정열이라는 게
거기 있어
세상을 울리니.

* 넬슨 제독은 1798년 이집트 작전의 성공은 에마 해밀턴의 공로였지만 실패했고 그 공로로 보답하지 못했지만 조국과 왕에게 그녀를 남겨두고 갈 테니 충분히 보상해 달라고 일기에서 유언처럼 썼다.

그 에마는 1765년 가난한 대장간 집 딸로 태어나 1781년 찰스 그레빌이라는 사람의 정부가 되어 노래와 춤과 미모로 사교계를 누빈다.

1784년 그레빌의 숙부 윌리엄 해밀턴이 에마를 만나자마자 홀딱 반하여 1786년 그레빌의 빚을 청산해 주고 그의 양해 아래 계집을 차지한다. 에마는 그들의 행동에 분개하나 결국 사랑하기에 이르러 정식 결혼, 사교계의 여왕으로 군림, 나폴리 왕실과 영국 사이의 외교가 원만해지도록 했고 넬슨 제독에 영국 함대가 프랑스에 대하여 이집트 방면에서 작전을 할 때도 보급, 정보를 제공하게 한 여걸.

해밀턴이 영국 대사였고 고고학자였기 때문에 사회적 신분과 더불어 미모와 사교술로 넬슨을 도울 수 있었던 것. 그 후 넬슨이 귀국길에 에마를 만나고 1800년 윌리엄이 외교관 임기를 마치고 돌아간 뒤는 아주 터놓고 넬슨과의 사랑놀음을 공공연하게 치뤘다. 원래 윌리엄은 아내의 정사에 관해 너그러웠기 때문에 그들의 애정행각은 가능했던 것. 넬슨과의 사이엔 호레샤라는 딸을 낳았고 국민적 영웅 넬슨에게도 에마와의 사랑은 꿈 같다고 했지만 사회의 지탄을 받는다.

** 시인 한성기의 〈꽃병〉 1연.

12.....에마의 꿈꾸는 듯한

에마의 꿈꾸는 듯한
눈동자
이슬 머금은 백합처럼이나
초롱초롱한
그 눈 언저리에 이슬이 맺혀
더욱 영롱하였더라
그래서 슬프디 슬픈
모습으로 창가에 환히 웃고 있을 법한
한 송이 장미로도 백합으로도
재현하였느니

꿈꾸는 듯한 눈동자의
아름다움이
예술적 감각이 더욱 감미로운
환희로 승화되고
부드러운 아취까지 기품을
우아하게 하였더니라

국민적 영웅 넬슨에게도
그들의 사랑만을
찬양하지는 않았다

에마와의 꿈 같은 사랑 얘기도
지탄을 받으니.

13.....벌거벗은 섹스 대통령 클린턴

벌거벗은 섹스 대통령 클린턴과[*]
르윈스키의 10여 차례 사랑놀음은
'얼어죽을', '부적절한 관계'
임금은 무취인가.

[*] 위증, 사법방해, 권력남용(?). 클린턴은 Sexual addiet라고 성적으로 고통받는 남자(?). 72시간 성기가 발기해 있으면 결국 썩어들어 간다는데 거시기가 발기가 안 돼도 걱정, 너무 오래 발기돼도 문제. 세상은 거시기 문제.

14.....천하의 나폴레옹이란 사람도

천하의 나폴레옹이란 사람도
사랑이 있었다
'마리 발레 우스카'

나폴레옹 황제는 문학청년과도 같은
편지를 썼다

당신만을 존경하고
이 가슴 그리움으로 타고 있소

나를 태워 버릴 것 같은
이 뜨거움을 잠재워 줄
당신.*

* 1807년 37세의 나폴레옹이 폴란드의 바르샤바의 어떤 무도회장에서 70
세의 늙은 귀족의 애첩 마리 발레 우스카를 발견하고 애를 태웠다. 폴란
드에서는 인신 공양과 같은 형식으로 그녀를 떼밀었지만 마리 자신은 나
폴레옹을 사랑하게 된다. 황제비 조세핀은 질투했지만 어쩔 도리가 없었
다. 그녀는 불임이었다. 황제는 또 다른 여자와의 사이에서도 남자아이를
낳은 것이다. 나폴레옹은 후사가 없어 결국 조세핀과 이혼하고 1801년 오
스트리아의 왕녀와 결혼한다. 결국 1801년 사내아이가 태어났다.

15.....사랑, 그 사랑이란

사랑,
그 사랑이란 무엇인가
세기의 사랑은 모두
비극이 아니던가.

16.....가을 산에 은빛으로 흐르는

가을 산에
은빛으로 흐르는 억새는

우리네 연인끼리의
가슴을 일깨운다

산 노을에
비치는 억새는
우리네 가슴을
친다.

17.....이것은 풍경화다

이것은 풍경화다
산정호수에 어우러진
명성산 산자락의

이 억새는
마의태자가 울 때
같이 울었단다

그래
명성산

윗산 안마을 계곡을 따라
올라가는
억새밭

해가 뜬다
달이 뜬다.

18.....연안부두 남서쪽

연안부두 남서쪽
뱃길 따라 가다 보면
비조봉과 서포리
거기 갈대 군락지

기기묘묘한 바위와 햇살에
어우러진
늦가을
억새밭.

19.....천관산 기바위 사자바위

천관산(장흥군) 기바위 사자바위
남해안 다도해
월출산 제암산 무등산이 줄을 잇는
능선 위,
멀리 한라산까지 보이는
여기에
오만여 평의 억새밭이 있다

아, 훨훨 날아갈 것만 같은
이것은
낭만이다
한 폭의 동양화다.

20.....장악산 덕산계곡 산등성이

장악산 덕산계곡 산등성이
억새밭
금강 하구의 한산면 신성리
제주도 한라산의 반짝이는
억새숲

아침 햇살의 은억새
노을에 비낀 금억새
달빛 머금은 솜억새

이것이야말로 '으악새 슬피 우는 가을인가요'

으악새 합창과
풀벌레의 二重奏

아, 가을이면
으악새로 뒤덮이는
山川아.

21.....가을, 가을은 화가인가

가을
가을은 畵家인가

열매들마다 제 색깔을
찾아내고
저마다 香氣를 채우고
있었다

들길엔 햇살이
먼저 나와 있었고
풀꽃 하나, 고추잠자리 날개에도
음악은 있어
가을 햇살은 빛나고
있었다

IMF시대에도
우리네 마음 속에는
어차피,
가을이 물들고 있었다.

22......초여름의 꽃잎 사이에서

초여름*의
꽃잎 사이에서
빛은 일어나리

봄을 비비고
냄새를 풍기면서
뒹구는

나비들과
그 어름에서 빙빙 도는
바람

사람들도
이젠,
사랑스레
비비면서 살아가느니

속잎 겉잎 사이에서
푸르름이 일어나느니.

* 초여름 : 『白紙』33집 pp. 43~49 중 문학평론가 정순진, 〈백지, 모든 것의 근원에 대하여〉, 〈백지 20주년에 부쳐〉에서 '초여름의/ 꽃잎 사이에서' 일어나는 '빛'을 바라보는 시인은 사람 사이에서도 '사랑'과 '푸르름'을 본다. 보고 싶다거나, 그래야 된다는 소망과 당위를 진술하는 것이 아니라 진리나 사실을 보여 주는 '살아가느니' '일어나느니'의 어미 사용이 당위에서 자유로운 실존의 양태를 보여 준다. 이 시는 '비빈다'라는 다소 동물적인 어감을 주는 어휘를 식물적으로 사용해 신선한 느낌을 주면서 인간 사이의 따사롭고 정감 어린 관계를 이르고, 그 관계를 '푸르름'으로 채색한다 라고 썼다.

23.....서리가 내린다던가

霜降
서리가 내린다던가

푸르스름한
낮달이 나뭇가지 사이를
지날 때쯤,

아침 이슬이
들녘을 적실 때쯤,

이 山
저 山

발그스름하게
가을은 그윽해
진다

이슥해
진다.

24.....산, 산, 산

산, 산, 산
해거름 밟히는
歲月

까치가 먹다 남은
감 하나
빨갛다

솔잎을 지나는
바람결에
잠시 쉬어 가는
구름

수확이 끝난 빈 밭에
한 줌의 감자를 남겨 두는
농부의 마음, 감자의 잘 익은
속살

황량한 이 도시에서
마음의 빈 밭에

씨앗을 하나
묻어 둘 건가

이 가을엔.

25......道란 무엇이냐

道란 무엇이냐
齊一하다는 것

바람은 제멋대로 불다가
제멋대로 그치기도 한다
내가 自然 속으로
들어갈 것인가
自然이 내 속에 들어온 것인가

나무가 조용히
서 있고 싶어도
바람이 그냥 두지 않는다는
말은
또 무엇인가.

26..... 沈默한다는 것

沈默한다는 것
사람들이 아는 것을
말하는 것
자고 깨는 것
事物과 交接하는 것
기쁘고 노여워하고
즐겁고 방종하는 것

그것이
虛에서 나온다 하였음을
알고도
그러는 것

무엇이 있긴 있는 모양인데
形迹을 알 수
없으니.

27.....妙한 이치다

妙한 이치다
말과 바람은 다르다고
했다

그렇다, 아니다 하고
是非하는 것
聖人들은 妙하게 말려들지 않고
메타포어로
말한다

그걸 일러
道란 말로 이름하나니

中道라고도 하고

물을 붓듯이 아무리 퍼부어도
차지 않고
아무리 퍼내어도
마르지 않는
이것은

무엇이뇨

아름다운 우리의 惡人들을
새나 딴 짐승들이
우리네처럼 좋아하지
않음이여.

28.....不信이로다

不信이로다
沈默함이여
그래서 비노자라나 하느님은
말하지 않음이여
天使나 菩薩이 말
함이여

造物主라고 하는 것은
참으로 妙해서
사람들을 놀리고
있음이냐
모두 幻이더냐

이 거대한 땅덩이가 뿜어 올리는
바람이란
이름

自己 마음과
싸움일진저

29.....風流란 무엇인가

風流란 무엇인가
采器의 虛한 데서
나옴이여

내가 없으면
自然을 받아들일 수
없음이니
그래서 天上天下 唯我獨尊이라
함인가.

월간 『문예사조』 pp. 237~289 연재詩·7 〈逍遙〉 (27)~(29). 신규호(문학평론가)는 pp. 264~265에 여섯번째로 접어든 鄭光修의 〈逍遙〉도 '마음내키는 대로 거닐다'는 가벼운 詩題보다는 훨씬 의미심장한 삶의 달관을 담고 있다. 산간에 흐르는 시간의 경과로 시작하여 하나 남은 '감'을 통해 만추의 색감을 드러내는가 하면 잠시 머무는 '구름을 그리고는' 한 줌의 감자를 남겨 농부의 마음을 빌려 마음의 여유가 필요함을 노래한 것이다.
    이어서 연재詩·25에서는 道를 齊一과 연결시켰고 26에서는 '침묵은 금'이라는 격언을 떠올리게 할 깊이 있는 삶의 문제를 제시하고 있다 라고 썼다.

30......보통 物에는

보통 物에는
저것(彼) 아닌 것 없고
이것(是)도 또한
저것에서 나온다 하였음이니
萬物同體란 것

서로 잇따라 생기고
잇따라 부서져 죽고
다시 부서져 죽고
다시 잇따라 생기니
옳음이 있자 그름이 있고
옳지 않음이 있자 다시 옳음이 찾아오는
법과 같음이라

그러니 자연 저것과 이것의 갈라
세울 수 없는 그 곳을 道로 일컬어
지도리(樞)라 이름하나니

사람 사는 法이
일컬음으로 이루어지었느니.

31......道는

道는
그러니까 서로 道해서
하나로 되는 것이다
道達한 사람이라야
이런 理致를 알갓.

32.....莊周는 어느 날 꿈에

莊周는 어느 날 꿈에
나비가 되어
훨훨 날고
있었다

스스로 좋아라 하며
자신이 周인 줄 몰랐었다

그러다 문득,
깨어나 보니 자신은
周였었다고

周가 나비가 되었던가
나비의 꿈에 周로 되었던가
그렇다
周는 周요

나비는 나비로서의 분간이 있으니
物代라고 하였다

그래서
만물을 따라 變化한다는 것.

33.....道란 무엇이냐

道란 무엇이냐
만족하게 얻으면
道에 가까워진 것이다
하였느니

그렇게 된 것마저
알지 못하는 것을
道라 하였다

구름은 흘러가지만
하늘은 그대로
있고

배가 항구를 떠나도
언덕은 그냥 있구나
원래 아무것도 없는 것이라니
기쁘다
슬프다 말하랴.

34..... 天地가 한 손가락이고

天地가 한 손가락이고
만물이 한 말(馬)이라고
말한다

세상에서는 옳은 것은 옳다고
그른 것은 그르다고
말한다

길은 사람들이 다님으로
이루어졌고
물건이란 이름은 불러줘서
이루어졌다는 것

金春洙 〈꽃〉도 꽃이라고 이름 불러 주어
비로소
꽃이 되었다 했거늘

여러 빛깔의 말(馬)도
그렇게 빛깔로 나눔으로
이루어졌으니

道는 결국
그런 걸 통해서
이루어졌나니.

35.....통해서 됨으로

통해서 됨으로
通達한 사람이라야
하나로 되는 것.

36.....어떤 사람이 원숭이를 기르면서

어떤 사람이 원숭이를 기르면서
도토리(芋)를 아침에 3개
저녁에 4개를 주겠다고 말하니
원숭이(狙)들이 크게 화를 내면서
아침에 4개 저녁에 3개를 달라 해서
그리하니 뭇 원숭이들이 좋아하였다
함이니

數의 이름은 달라도 實相은 같으니
自然에 맡김을
兩行이라 이름하니
옳고 그름은 함께 통하는
境地.

37.....옛날에 거문고를 잘 타는

옛날에 거문고를 잘 타는
昭文이란 사람이 있었는데
그는 거문고를 타지 않음으로
有名,
그 연유를 물으니 거문고를 한 곡조 타면
다른 곡이 나오고 다른 곡을 타면
먼저 탄 곡은 없어지는 까닭으로.
이루어짐과
허물어짐을 없이 하려는 일로
곡을 타지 않으므로
모든 曲이 살아있게 함이다.

38.....있다 없다 하는 것

있다
없다 하는 것
그것 있는 것은 무엇이 있고
그것 없는 것은 무엇이 없는고
天地는 나와 함께 오래 되고
만물은 하나 되어 있을 수밖에.

39.....무릇 모른다고 하는 것이

무릇 모른다고 하는 것이
진정 아는 것이 아닌 줄
어찌 알겠는가

사람이 습기 있는 곳에서 자면
허리를 앓아
반신불수가 된다는데
미꾸라지도 그런가

높은 나무에 앉으면
몸이 떨리고 무서운데
원숭이도 그러한가
是와 非의 시끄러운 틈새에서
무엇을 구별할 것인가.

40.....장미산 산 아래엔

장미산 산 아래엔
남한강이
흐른다

그 위로는
평창강, 청태산을
거느렸다

노랑 괴불꽃, 고추 냉이꽃, 줄딸기
진달래, 철쭉꽃을 따라 오르다 보면
산더덕, 취나물, 두릅, 고사리가
한창일 터

짙푸른 녹음 속에서
소쩍새 울음과 같이
가는 길

장미산, 덕수산 통통바위, 갯마을 봉황대로
내려
태기산 홍정산에서 봉평으로

팔석정 물굽이가 되었다가
백옥 폭포로 빠져
나간다

남한강.

41.....삶은 限이 있지만

삶은 限이 있지만
마음은 限이 없는 것은
利害에 흔들리지 않아야
保全이 된다 하였음을
善養이라 하였다.

42.....더불어 산다는 말은

더불어 산다는 말은
옛날부터 있는 얘기

사람은 人世를 떠날 수 없고
生活이 世用에 구구하지 않은 뒤라야
비로소 大用을 성취할 수 있을 것

세상의 변화는 무궁한데
사람 속에 處하기는
어려운 것
묘한 것이 아니드냐

德이란 이름을 구하는 데서
혼란해지고
지혜는 서로 다투는 데서
생겨난다 함이니.

43.....가을은 어디에 숨어 있다가

가을은 어디에 숨어 있다가
우리 곁으로
다가오는 것일까

나뭇잎에 반짝이는
햇살과
바람 속에도
가을은 묻어 오고
있느니

사방에 지천으로 흐드러지게
피는 들꽃, 고추잠자리 떼
철 늦은 매미소리 하며

단풍이 물드는
가을 바람도 익어
수숫대 사이에서
영글어가고
있었다.

44.....빛을 싸서 감춘다는 말을

빛을 싸서 감춘다는 말을 알 것 같다

물을 들어 부어도
차지 않고
물을 퍼내어도
마르지 않는
그런 경지에 이르러
그 말미암은 바를 알지 못할 때

참으로,
말하자면
빛을 싸서 감춘다고
할 테니.

45.....대저 사람들이

대저 사람들이
나의 안다고 하는 것이
진정 모르는 것이 아닌 줄을
어떻게 알 수 있으며
나의 모른다고 하는 것이
진정 아는 것이 아닌 줄
어찌 알겠는가
함이다.

46.....사람 사는 법은 지나고 나서야

사람 사는 법은 지나고 나서야
아는 것이니

그 옛날 '여회'는 '개봉인'의 딸이었는데
晉나라에서 볼모로 얻어 갈 때에는
눈물 콧물을 짜고 옷깃을 적시고 울면서
따라갔는데

왕궁에 가서 첫날밤을
화려하게 보내고
좋은 음식에 비단옷으로 허리를 감고는
전날 울었던 것을
후회했다고 하는데

사람이 사는 것도 일테면
죽지 않고
오래오래 살고 싶어 하니

죽기 전에
살기만을 원하던

그 어리석음을
뉘우치지 아니 하는가를
또 어찌 알겠는가
함이니

한번 크게 깨달음이
있고 나서야
삶이, 모두 꿈이었던 것을
알게 된다 하였음이다

과연,
그런 것인가 삶이란.

47.....옛 사람들은

옛 사람들은
맑은 시냇물에
발을 깨끗이 씻고
산을 바라보면서
눈을 맑힌다 하였다

꿈을 꾸지 않으며
영욕에 한가롭고 그래, 더 무엇을
바라랴 하였음은

하루 종일
논바닥에 밭이랑에서
농사지으며 한가히 생각하지 않고
사는 사람들이었겠지만

힘들게 농사 지어도
소득이 안 나오는 지금쯤은
한숨만 나오기 마련일까.

월간『文藝思潮』12월호(통권113호) 연재 詩·12〈逍遙〉(48~53) pp.
211~214 김재은(서울대 명예교수) 月評(pp. 252~253)에 다음과 같이 썼
다.

월평자의 눈길을 끄는 것은 정광수 시인의 연재시〈逍遙〉. 만물이 한
해의 삶을 마감하고 동면에 들어가기 전의 너그럽고 느긋한 표정 그대로,
이 시인의 詩의 境地도 무르익을 대로 익은 듯하다. 오색으로 물들어 가
는 아름다운 季節의 推移는 人間들이 年輪을 거듭함에 따라 다다르는 達
觀의 '깨달음'으로 이어진다. 지은이의 想念은 세월을 거슬러 올라가 中國
古事에 미친다.

'한번 크게 깨달음이/ 있고 나서야/ 삶이, 모두 꿈이었던 것을/ 알게 된
다 하였음이다.'

나는 이 시구에 이르러〈舊約聖經〉의 傳道書가 생각났다. 지혜의 왕이
요, 인생의 영화를 누릴 대로 누렸다고 전하는 솔로몬의 글로 알려지고
있으나, 일부 학자들에 의하면, 훨씬 後代에 이르러 헬레니즘 문화권에 들
어와 記述했을지도 모른다는 疑問이 제기된 이 文書는, 어찌 보면 짙은
허무주의의 그늘이 드리워져 있다.

전도사가 가로되 헛되고 헛되며 헛되고 헛되니 모든 것이 헛되도다. 사
람이 해 아래서 수고하는 모든 수고가 자기에게 무엇이 유익하고(「전도
서 1. 1~3」) 하나님을 배제한 인간의 모든 經營이 헛되다는 비관적 진
술 그것은 憂愁의 색조로 칠해져 있다.

이에 비하면 정광수 시인은, 아예 맑은 시냇물에 발을 깨끗이 씻고, 산
을 바라보면서 눈을 맑히는 옛 사람들의 지혜를 배워, 영욕에 한가로울
것을 권장하고 있는 듯이 보인다. 하지만 힘들게 농사지어도 소득이 안
나오는 요즘 세상에 시름은 쌓일 수밖에.

48.....늦가을 해질 녘

늦가을 해질 녘
浮石寺
오르다

나른한 햇살 받은
반짝이는 숲길
절집의 석죽들

無量壽殿 앞으로 펼쳐진
山자락에
분홍빛 물들어가는
가을 山

공기도 맛이 다르나
바람이 맛있다
때깔 고운
一柱門.

49.....햇살도 얇은 나뭇잎을

햇살도 얇은 나뭇잎을
비집고
내려 앉는다

이 절집은
善妙*가 머무르고
있는 곳

사바에서 극락으로
왔다갔다
오르고 내리는
곳 浮石寺.

* 당나라 유학승 義相을 흠모한 善妙라는 미인이 살아서 못다 한 사모의
정을 품고 용이 되어 이 곳에 날아와, 이 곳에 웅거하던 도적 떼 500명을
바위를 날려 물리쳤다고 전한다. 그 바윗돌은 무량수전 뒤켠에 지금도 떠
있다. 그래서 浮石. 의상대사는 676년 부석사를 창건한다.

50......봉황산 기슭의

봉황산 기슭의
千三百年 고찰

山寺로 가는 길 위 하늘은
대학살극으로
넋 잃은 수도승들도 관광객들도
은행잎으로 逆說의 極에
달한다

여기가 사바인가
華嚴인가.

51.....歲寒圖를 들여다 본다

歲寒圖*를 들여다
본다

겨울 바람이 휩쓸고 간 자리에
무너져 버릴 듯한 허름한
집 한 채, 좌우로 잣나무와 소나무 네 그루가
서 있고

나머지는
餘白.

* 세한도는 1844년(58세) 추사가 제주도 유배지에서 그린 文人畵, 제자
暉官 이상석(1804~1865)의 정성에 보답, 그려 보낸 그림이라고 말한다.
그림에 담긴 추사의 꼿꼿한 정신을 표현했다. 세한도는 두 그루씩 서 있
는 소나무와 잣나무를 기준으로 세 개의 여백으로 나뉜다. 맨 오른쪽 첫
번째 여백이 제일 넓고 가운데에서 좀 줄어들고 마지막에서 가장 좁아진
다. 첫 번째 여백은 너무 넓다 보니 휑한 느낌을 줄 우려가 있다. 그래서
〈세한도〉란 제목을 써 넣고 낙관을 해 휑함을 없앴다고 말한다. 세한도
는 엉성한 것 같지만 완벽한 삼각형 구도다.

52.....秋史의 기개를 표현했다고

秋史의 기개를 표현했다고
해석하는 이의
텅 빈 마음 그 느낌

絶海孤島에 버려진 늙은
秋史의 마음을
오늘 내가 읽으면서

어디론가 떠나고
싶었다.

53.....그렇다

그렇다
허름한 집이지만 붓의 線은
침착 단정 초라함, 연민, 그런 것이
들어설 틈이 없단다

그래서, 그림의 오른쪽 소나무 두 그루 중
왼쪽의 곧고 젊은 나무가 없었던 물
秋史의 집은 무너져 버렸을 것이라고
妙하게 해석한다
사람들은

왼쪽의 싱싱한 잣나무
두 그루
이것이 의지란다
간절한 희망이란다.

54..... 헐벗은 겨울나무에

헐벗은 겨울나무에
불어닥친 바람의 빛깔은
어떤 것인가

말 없이 서서
눈보라를 맞는 나무들을
바라보면서

다음에 다시 찾아올
봄 언덕에서
피어날 잎새들의 냄새와
빛깔을 상상하노라면

새것을 위하여
모든 것 떨구고 마음을 비우고
있는
저 나무들의
기다림

그 기다림 속에

가슴 가득 다가오는
故鄉이 있었다.

55.....가을은 붉은 단풍으로

가을은 붉은 단풍으로
하늘을 붉게
하였고

노란 단풍으로
연못을 노랗게 했지만
어느 날, 순식간에
빈 가지만 남았었고

그래서, 앙상하게 뼈만 남았지만
이것은
그런 게 아니었다
마음을 선선히 비울 줄 아는

聖子의 모습으로
돌아앉아 있었다.

56......쓸쓸히 비어 있는

쓸쓸히 비어 있는
뒤뜰에 앉아서
모든 굴레를 벗고

사라지지 않은
미래를 되씹고
있었다.

57.....낙엽 사이로 千年이

낙엽 사이로 千年이
떠나가는가
새 千年이 다가온단다

지는 단풍이 하도
고와서
내 모습이 낯설어
균형을 잃는구나

산다는 것은
이런 것인가.

58.....허무라는 것은

허무라는 것은
무게가 얼마만큼인가
한적함도 더욱 그리우면
그냥 지나칠
일이다.

59.....넉넉한 고요가

넉넉한 고요가
왔다

비로소 안에서 안에서
소리가
들렸다

자신을 일깨워 볼 수
있는
그러니까
自性의 시간을 가져보는
것이다

自覺 이것은
어려운 일
이었나

내 자신의 감성을 버리고
날카롭게 버리고
맞서기하기 위하여

막바지의 싸움을
벼르고
있었다

미망의 혼돈,
연속 속에
던져져 있었다

절대적 소멸,
적극적 思惟였던가
뜨거운 가슴으로
껴안아야 하는
삶.

60.....당신은 應供입니까

당신은
應供입니까

불타는 꽃에는 꽃의 모습으로
푸르른 물에는 푸른 물로
월인천강(月印千江)에 비치는
모습으로
現身하니이까.

61.....山谷을 울리는

山谷을 울리는
종소리
應身에 또 다른 化身으로
존재 안에 다가서는

새로운 깨달음의
강물입니까.

62.....전설의 산자락은

전설의 산자락은
어디에도 있었다

올겨울에도 천수만 도래지엔
러시아 바이칼호에서
1200㎞를 날아온 20여만 마리의
가창오리들이
날개를 펄럭였다

거기에 수백 마리의
고니떼가
미끄러지듯 차 오르고
청둥오리 수만 마리가 떼지어
헤엄친다

저 멀리 물빠진 갯벌에선
저어새와 노랑부리 저어새가
부리를 돌리며 먹이를 찾는다

飛上하는

새
산다는 것은
무엇인가

사람들이 이민을 가고 오고
그런 것처럼
새들도 먹이를 찾아

시베리아 아무르강 바이칼호 등에서
시속 30㎞로 한 달 정도 날아 온다는데
사람보다
더 노력하면서 생존을 위해
날아드는가

올겨울 날아온 새도
57만여 마리란다
여기서 삶을 배우는가.

63.....들린다 바닷바람 소리

들린다 바닷바람 소리

저 요원한
항해

우리는 무엇을 위하여
생동하는 이 현묘한
아름다움을 이고 있을까

무한한 세계랄 수 있는
寫像인 바다에서
풍요로운 암시를 받고
있는 것.

푸른 海源의 액체일까
저 알 수 없는 색깔, 리듬
이것은
생명일 터

이것은 순전한

자유다
평화의 탄생일
터.

64.....2000년 새해엔

2000년 새해엔
祈禱를 드리러
여수에
왔다

向日庵에 서면
돌산읍 임포 마을
쪽빛 바다를 바라보며
돌투성이의 금오산에 둘러싸인
작은 浦口를 본다

돌비탈에 얌전히
자리잡은
祈禱道場 向日庵

여기서
기도를 드려야
幸運이 찾아온다고
예부터 傳했으니
여길 온 거다

원효대사는 妙한
스님이다
기어서 오르기도 힘든 바위 틈에
절을 지을 게
뭐람

祈禱를 드려
행운을 얻는다는 말도 유혹이지만
절 자체의 스스로의 아름다움만으로도
祈禱가 통할 수
있겠다

하얀 대리석 龍柱의
柱門

경사가 심한 오솔길을 올라
큰 바위 사이로 사람 하나 겨우 드나들
정도의 굴 속을 지나면
境內

向日庵 자체가

바윗덩어리
1300여 년의 歲月
이었다

닳아빠진 돌계단
이 반들거림 하나만으로도
祈禱는 通한다

땅 끄트머리인가
바다는 섬 하나없이
탁 트였다

여기서 해가
뜨고
해가 지면
달이 뜬다

풍경소리 아득한
저녁 바다에 달이 뜬다
여기가 佛國土인지

삼성각 난간의
돌 거북떼 200여 마리
이제 곧 빨간 꽃망울을 터뜨릴
冬柏이 바람에
흔들거릴 터.

65..... 한반도의 등줄기

한반도의 등줄기
白頭大幹
한반도의 형상이
만주를 앞발로 할퀴는
호랑이 모습이라면

백두대간은 그 등줄기다
백두산에서 지리산 천왕봉까지
끊기지 않고 연결
1대간 1정간 13정맥이란다
지리산 덕유산 추풍령 속리산 조령산 소백산
태백산 두타산 오대산 설악산 진부령이다

평생에 한 번은
올라야 한다.

66.....彼岸이란 곳을

彼岸이란 곳을
알 수 있을까
此岸도 모르는데
있는 것도 같고
없는 것도 같은
幻

生命에게 있어
죽음은 처음 같고
生의 갈망은
끝이 없는 것

南大川과 五十川에서
연어의 떼죽음을 보면서
죽음이 新生이란 걸 알 때까지는

한 달 정도 남대천 하구에 머물며
어머니 강의 냄새를 익히고
풍속을 각인한 후에야

바다로 나아가
일본 북쪽 바다를 지나 알류산 열도
쿠릴 열도를 거쳐 알라스카 바다를 돌아
베링해를 지나 캄차카 반도 앞바다를 헤엄쳐
오호츠크해를 거쳐 다시 우리 남대천으로
돌아와 알을 낳고
죽는다

장엄한 떼죽음이
新生의 자릴 터

저절로 되어진 것들의 힘은
무서워
조국 河川의 母性은 太平洋 건너간
자식들을 기어코 불러들여
이 물 냄새 속에서
죽는다

운명에 투항해 운명을 완성하는
業인가.

67.....갈매기 떼가 한가롭게 날고

텃새인 갈매기 떼가 한가롭게 날고
겨울 철새도 먹이 찾아 조급하지
않은 곳

해안선을 따라 沙丘, 사취, 해식동굴
해안단구, 이런 것들이 절묘하게
調和로운
변산반도.

뱃길이 동진강 다리까지 이어져
살아 있는 듯 갯벌이
망망대해를 향해
끝없이 펼쳐졌다

부안에서 18㎞쯤 가면
해창.
부안댐, 겹겹이 층진 절벽에서 떨어지는
벼락폭포

조금 더 가면
새만금 간척지, 2조 2천 3백여 억원의

大工事, 21년에 걸쳐 2011년에
끝난단다
방조제의 길이가 33㎞
여의도 크기의 140배

조금 더 가면
격포항.
적벽강 채석강의 단애와 해식동굴의
장관.

10㎞쯤 더 가면
모항.
호랑가시나무 군락지
좀 더 가면
來蘇寺
여기서 合掌하고 나면
예쁜 신라 선덕여왕과
만나는 거다

하늘을 찌를 듯한
전나무 숲을 빠져 나오면
능가산에 오른다.

68.....나무들은 딱딱한 껍질 속에서

나무들은 딱딱한 껍질 속에서
몸부림치며
봄을 챙긴다

北風에 색 바랜
松林 사이에
낙엽조차 떨구지 못하고 달라붙어
바람에 팔랑이는
활엽수

한여름의 울창한 숲을
연상하며
앙상한 裸木들의
봄을 향한 마음은

참, 대견하다 싶기도 하고
용케 살아 남았다고 생각도 되지만
모두 裸木과는 또 다른 생각을 하는
사람들의 풍경

해가 뉘엿뉘엿 기울 무렵
나무들은 빛을 냈었다
겨울 다음엔
꼭 봄이 온다고

69.....妙한 일이다

妙한 일이다
梅花는 질 때 꽃송이가 떨어지지
않는다

꽃이파리 한 개 한 개가
바람에 散花할
뿐이었다

그것은
바람에 불려가서
消滅하는 어떤 時間의
모습으로
꽃보라가 되는가

바람에 흩날려
땅에 닿는 그 순간의
絶頂

잎이 없는 앙상한 가지에
꽃을 피웠다

그 앙상한 나무는 몸 속의 꽃을
밖으로 밖으로 밀어내어
품어서 밀어내듯
꽃을 피웠다

꽃 핀 梅花의 숲
그것은 구름이었고

혼곤하였고
몽롱했다

눈물처럼 꽃보라로 하여
시간의 빛으로 사그러들 때까지.

70.....산수유가 사라지면

산수유가 사라지면
木蓮이 핀다
자의식에 가득 찬

存在의 重量感일 터

木蓮이 지고 나면
봄은 다 갈 것이다

꽃이 떨어지는 봄 바다는
나고 죽는 시간의 가루들이
수천 수억만 개의 물비늘로
명멸할 터

손 대일 수 없는 시간의
바다여.

71.....봄은 남쪽에서부터

봄은 남쪽에서부터
온다
저 멀리 바다를 달려와
뭍에 다다른
이 봄기운은 강변에 이르러
버들가지를 움트게
했다

봄은 냇물에 몸을 씻고
한달음에
山을 넘었을 것

그래서 北으로 北으로
上昇

내가 교장으로 있는 서울 연신초등학교
화단에도
봄은 고스란히
머문다

개나리, 산수유, 매화, 벚꽃 등의
꽃망울들이 살쪄 있다
이제
매화 구름이
피겠지

화려하고 나른한
봄.

72.....春邊山 秋內藏이라 했던가

春邊山 秋內藏이라 했던가
불꽃처럼 터지는
벚꽃

남쪽 해안선을 따라
폭죽이 터지고
있었다

길옆으로 맑게 흐르는
시냇물,

위를 바라보면 하얀 꽃 터널
물을 바라보면
꽃 그림자가
떠간다

말이 필요 없는가.

73.....齋란 무엇인가

齋란 무엇인가
먼저 뜻을 오로지 갖는 것이며
마음으로 듣지 말고
기운(直感)으로
듣는다.

기운은 虛해서
무엇이고 부딪쳐 오는 것만을
기다린다 하였음이라

道는 오직 虛에
모인다
虛가 곧 마음의
齋라 하였음이라.

* 齋 : 부정을 버리고 마음을 깨끗이 함.
  虛 : 자기를 잊음.

74.....사람들에게 말했다

사람들에게 말했다
마음을 흔들리지 않게
하라

말이 용납되거든
입을 떼고
그러지 않으면
그만 두어라
그래서 마음을 크게 가져
남에게 엿보이지 말고
스스로 지켜 나가면

거의 道에 이르는 것이다
仲尼는
말한다.

行하지 않아야 자취가
없다.
人使로서는 속이기 쉬우나
天使로서는 속이기 어려우니

있는 날개로 날아라 라고
했음은
智慧로써 하라는
얘기인즉
그러니까

無知는 眞知로
虛라고 되어 있음이니.

* 仲尼 : 공자의 字.
　人使 : 사람에게 쓰이는 사람.
　天使 : 自然(하늘)에 쓰이는 사람, (지혜와 욕심이 없는 사람이란 뜻)

110

75.....사람들은

사람들은
저 스스로를 얽어매 놓고
고민하고 있었다.

有用은 알면서
無用은 모른다
하였던가.

정광수 제6시집

逍遙

지은이/정광수
펴낸이/김재엽
펴낸곳/한누리미디어

100-192, 서울·중구 을지로 2가 148-73
신화빌딩 401호
전화/(02) 2278-4513, 2268-4514
팩스/(02) 2268-4524

등록/제16-467호(1993. 11. 4)

초판발행일/2000년 6월 1일

값 5,000원

ⓒ 2000년 정광수 Printed in KOREA

ISBN 89-7969-153-X   03810